LIEBLINGSZEIT ADVENTSKALENDER BUCH

FÜR PAARE

24 Inspirationen, 24 Aktionen, 24 Fragen

MARGARET KLESKE

MACHT DIE ADVENTSZEIT ZU EINER ECHTEN LIEBLINGSZEIT.

WIE DAS?

IHR WOLLT DAS GANZ BESONDERE ADVENTSKALENDERERLEBNIS ALS PAAR ODER ALS ÜBERRASCHUNG FÜR EUREN PARTNER? GANZ UNVERKITSCHT, AUTHENTISCH UND INSPIRIEREND?

WÄHLT EINE

INSPIRATION,

FRAGE UND/ODER **AKTION**

FÜR JEDEN ADVENTSKALENDERTAG.

IHR KÖNNT DAS PRODUKT ALS BUCH ODER DURCH DIE PRAKTISCHEN SCHNITTLINIEN ZUM BEFÜLLEN EINES SELBSTGEMACHTEN ADVENTSKALENDERS NUTZEN.

So einfach geht`s:

Gemeinsam als Buch benutzen

oder

Auswählen, ausschneiden und einen individuellen Adventskalender gestalten

Dank

Mein Dank und volle Bewunderung gilt vor allen Dingen meinem wunderbaren Mann, der mich bei so vielen Projekten unterstützt, mit ausprobiert und immer bereit ist in unsere Beziehung zu investieren. Danke, dass du auf deine ganz unkonventionelle, offene Art für fast alle Schandtaten und Ideen zu haben bist.

Danke dir Sonja, Mama und Papa, dass ihr alle Texte gelesen und input aller Art gegeben habt. Danke Berthi für die Hilfe bei Designfragen.

Danke an alle Freunde, die mich unterstützt haben.

Dein Geschenkanhängerset ✂

Anhänger ausschneiden und das Loch einfach mit einem Locher ausstanzen.

1

Platz für Worte:

WE WERE

together

I FORGET THE REST.

Walt Whitman
(1819-1892, Amerikanischer Dichter)

Platz für Worte:

AKTION

Geht zusammen auf den Weihnachtsmarkt eurer Wahl. Setzt euch ein Budget von ca. fünf bis zehn Euro. Trennt euch für ca. 15 Minuten und kauft dem anderen ein lustiges Geschenk eurer Wahl. Findet eine kreative Verpackung. Am Ende trefft ihr euch wieder und überreicht euch euer Geschenk.

PLATZ FÜR WORTE:

FRAGE

Wenn es die Beam-Funktion geben würde, wohin würdest du dich jetzt beamen?
Wohin würdest du euch zusammen beamen?

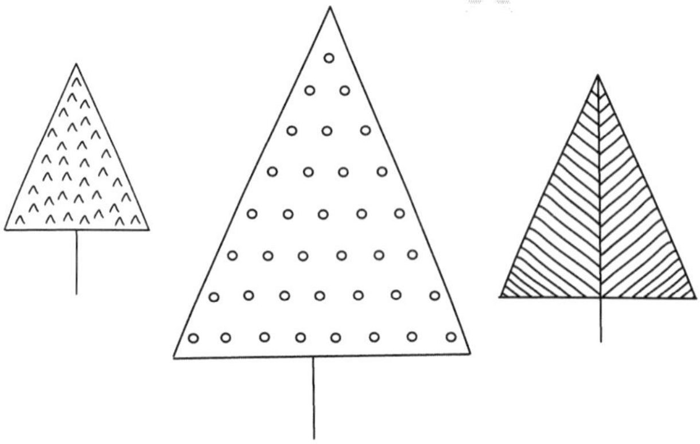

Platz für Worte:

2

Platz für Worte:

INSPIRATION

Das Leben
IST KEINE FRAGE VON MEILENSTEINEN,
SONDERN VON

Momenten.

Rose Kennedy (1890-1995)

PLATZ FÜR WORTE:

AKTION

Stellt euch vor, ihr strandet auf einer Weihnachtsinsel und alle eure Verwandten heißen euch willkommen. Welche zehn Gegenstände benötigt ihr nebst Essen, Kleidung und Hygieneartikel dringend, damit ihr die Zeit genießen oder überleben könntet? Schreibt zuerst getrennte Listen und lest sie euch anschließend gegenseitig vor.

PLATZ FÜR WORTE:

FRAGE

Nenne eine Person in deinem Umfeld, welche deiner Meinung nach total glücklich ist/sein müsste.
Begründe deine Einschätzung.

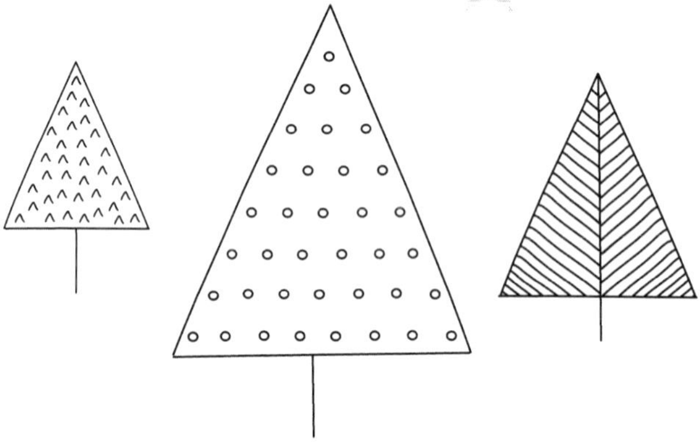

PLATZ FÜR WORTE:

3

Platz für Worte:

INSPIRATION

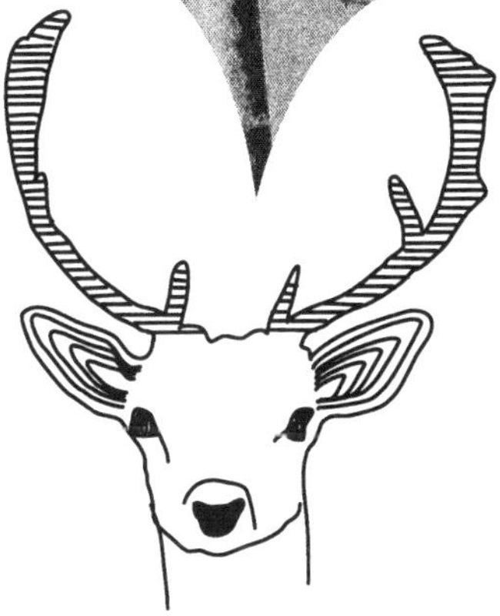

The Best Way

to trust somebody
is to

TRUST

THEM.

Ernest Hemingway
(1899-1961, Amerikanischer Schriftsteller)

Platz für Worte:

AKTION

Schreibt dem anderen jeweils ein Weihnachts-Liebesgedicht. Verwendet dabei unter anderem folgende Wörter:

Schnuckel
Backerbse
Leckereien
Weihnachtsstern
Motorrad
Lieblingsschatz

Platz für Worte:

FRAGE

Nenne deine drei Lieblings-
gegenstände in
deiner Wohnung.

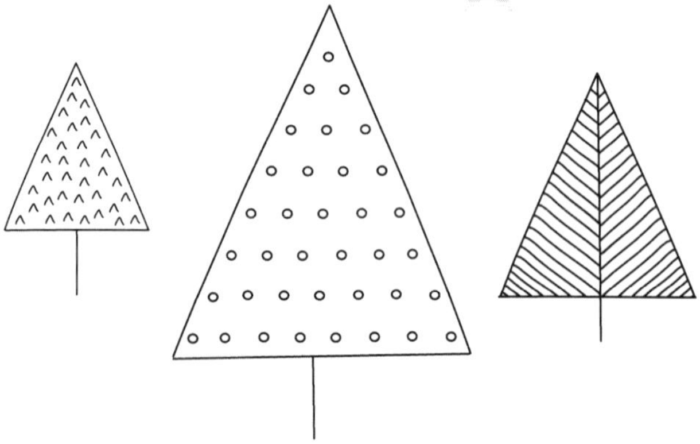

PLATZ FÜR WORTE:

4

PLATZ FÜR WORTE:

INSPIRATION

Der Mensch möchte nicht erkannt werden,
sondern

ANERKANNT.

In Verlust und Gewinn, in Schönheit und Hässlichkeit, in Güte und Zorn, in Wahrheit und Lügen.

René Gude
(1957-2015, niederländischer Philosoph)

Platz für Worte:

AKTION

Wer schafft es, den romantischsten Scherenschnitt zu schneiden? Nehmt hierfür ein Din A3 Papier, faltet es wie eine Ziehharmonika zusammen und schneidet jeweils Motivhalften in die Faltungen. Zieht es auseinander und bewundert euren Scherenschnitt. Nach ein paar Übungsversuchen kann dann die Herausforderung beginnen. Benotet wird: Originalität und Feingliedrigkeit. Entscheidet selber, wer Sieger ist.

So Gehts:

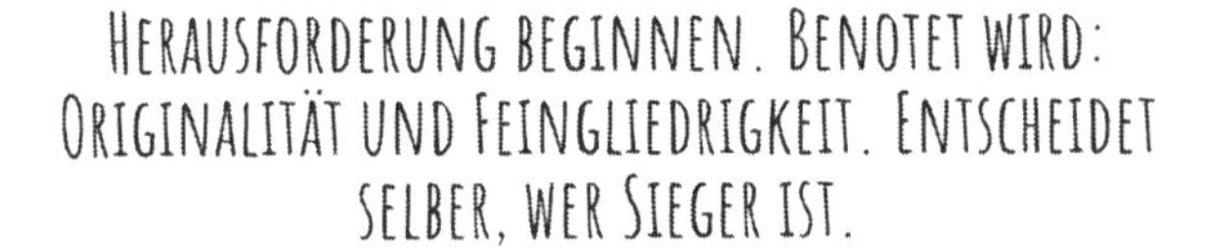

Platz für Worte:

FRAGE

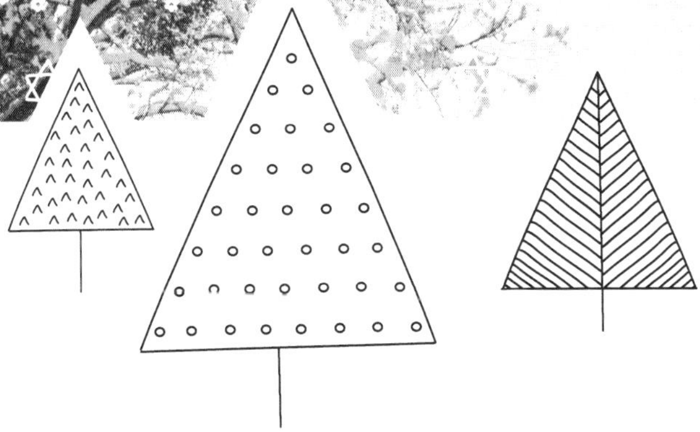

Nenne fünf Werte, die in deinem Leben eine große Rolle spielen. Gern könnt ihr eure gemeinsamen Werte zusammen diskutieren.

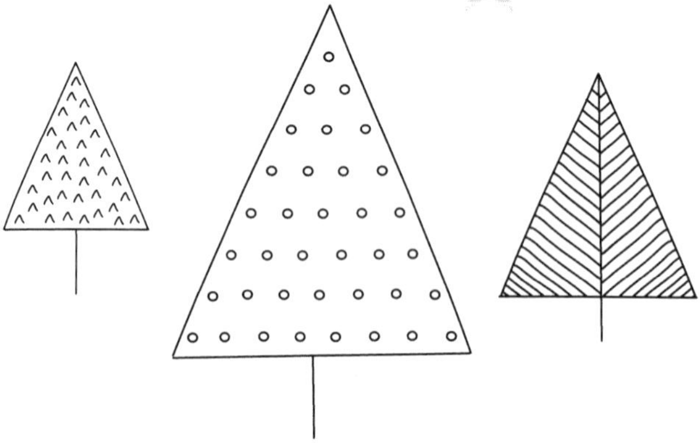

Platz für Worte:

5

Platz für Worte:

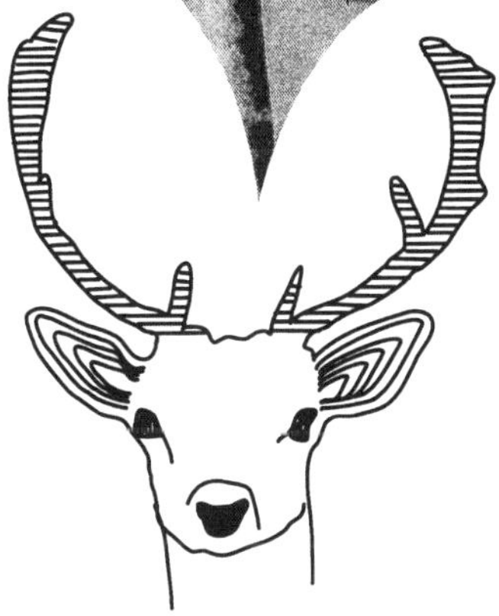

Es gibt nur ein Mittel um sich
wohlzufühlen:

Man muss lernen, mit dem Gegebenen zufrieden zu sein und nicht immer das verlangen,

was gerade fehlt.

Theodor Fontane
(1819-1898, deutscher Schriftsteller)

PLATZ FÜR WORTE:

AKTION

RÜHRT EINEN PLÄTZCHENTEIG AN. DANN NEHMT IHR DEN TEIG UND FORMT FREI LOS. ERLAUBT IST ALLES WAS SEXY UND/ ODER LUSTIG IST. DANN SCHIEBT IHR EURE KUNSTWERKE FÜR CA. 15 MIN BEI 175 GRAD IN DEN BACKOFEN.. UND GENIEßT.

Rezept mit mittelgroßen Bechern

ein Stück weiche Butter
3 Eigelb,
ein ganzes Ei,
ein Becher Zucker,
ein Päckchen Vanillezucker,
ein Päckchen Backpulver,
3,5 Becher Mehl,
Schale einer Biozitrone oder andere Aromen,
eine Prise Salz

PLATZ FÜR WORTE:

FRAGE

Wann hast du das letzte Mal etwas völlig Selbstloses für einen anderen Menschen oder die Gesellschaft getan?

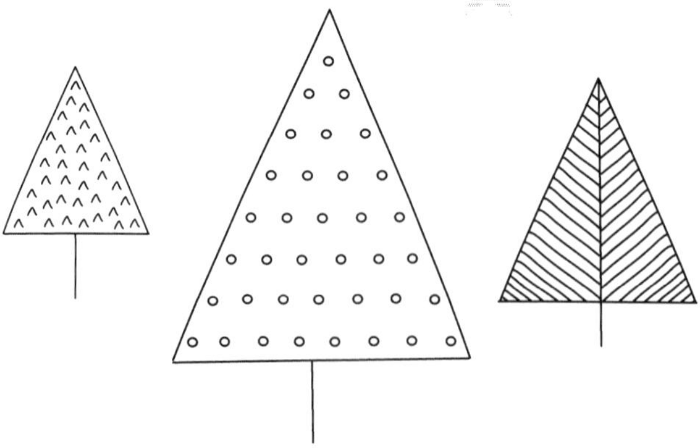

PLATZ FÜR WORTE:

6

PLATZ FÜR WORTE:

INSPIRATION

Die gute Zeit

fällt nicht vom Himmel, sondern

wir erschaffen sie selbst.

Fjodor M. Dostojewski
(1821-1881, Schriftsteller und Philosoph)

PLATZ FÜR WORTE:

AKTION

Viele Anbieter bieten die Erstellung von individualisierten Verbrauchsprodukten für kleines Geld an (z.B. im Fotobereich von Drogerien). Erstellt eurem Partner ein schönes Produkt.

Platz für Worte:

FRAGE

An welchen Traum kannst du dich erinnern? Hattest du jemals einen Traum, der eine klare Bedeutung für dein Leben hatte?

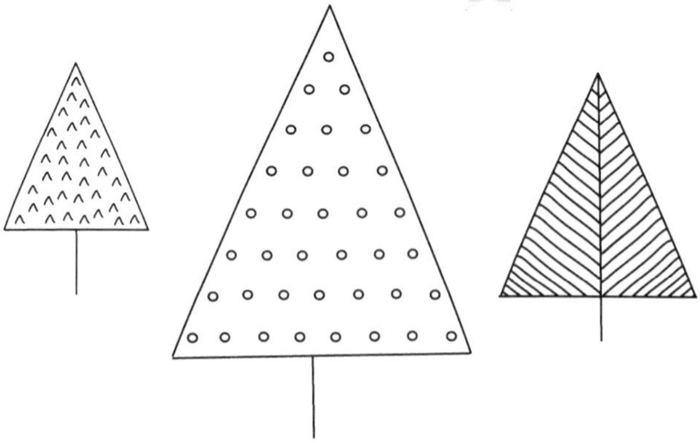

PLATZ FÜR WORTE:

7

Platz für Worte:

INSPIRATION

MEIN GRÖSSTES GLÜCK IST,
IMSTANDE ZU SEIN ZU

lieben,

denn Liebe bedeutet Freiheit.

Nahid Shahalimi
(Gründerin der Hope Foundation)

Platz für Worte:

AKTION

Gestaltet zusammen mit alten Zeitschriften eine Dankbarkeits-Kollage. Wenn ihr nicht das Passende findet, könnt ihr einfach eine Liste an Dingen zusammenstellen, für die ihr dankbar seid.

PLATZ FÜR WORTE:

FRAGE

Welche fünf Adjektive beschreiben deinen Partner gerade?

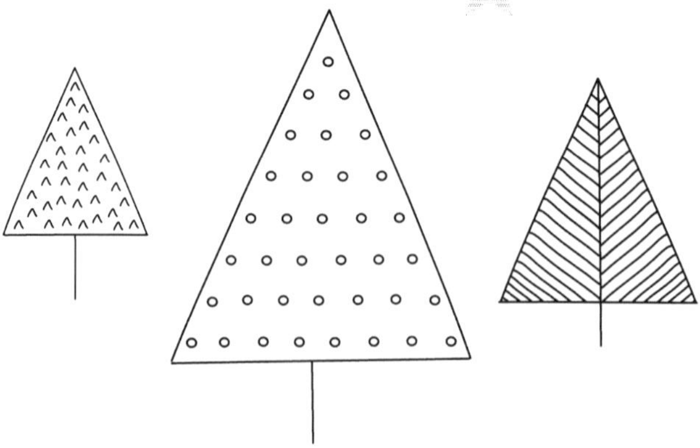

PLATZ FÜR WORTE:

8

Platz für Worte:

SEI *Neugierig,*

nicht voreingenommen.

Walt Whitman
(1819-1892, Amerikanischer Dichter)

PLATZ FÜR WORTE:

AKTION

Schreibt beide einen Weihnachts-Wunschzettel. Aber nicht für euch selber, sondern stellvertretend für den anderen. Dieser kann auch gern ein paar Träume enthalten. Tauscht am Ende die Wunschzettel aus.

PLATZ FÜR WORTE:

FRAGE

Welches Thema interessiert dich gerade? Über welches Thema würdest du gern als nächstes etwas lernen?

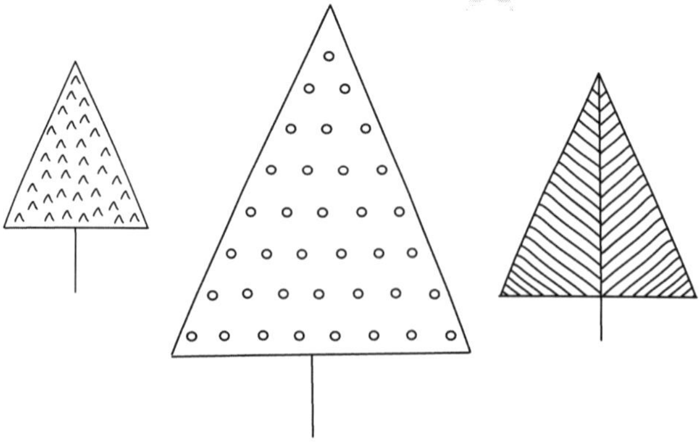

PLATZ FÜR WORTE:

9

Platz für Worte:

INSPIRATION

Das Große ist nicht, dies oder das
zu sein,

sondern

man selbst zu sein.

Soeren Kierkegaard
(1813-1855, Philosoph)

Platz für Worte:

AKTION

Macht es euch gemütlich; mit allem, was für euch dazugehört. Wählt für den anderen hierzu ein Outfit für den Abend aus. Als Krönung dürft ihr aus eurem Kleidungsfundus ein Kleidungsstück oder Accessoire eurem Partner übergeben, welches er an dem kommenden Tag tragen darf.

Platz für Worte:

FRAGE

Lass die letzten zwei Wochen vor deinem inneren Auge vorbeiziehen. Gab es Dinge, die dich inspiriert haben? Welche Dinge waren es?

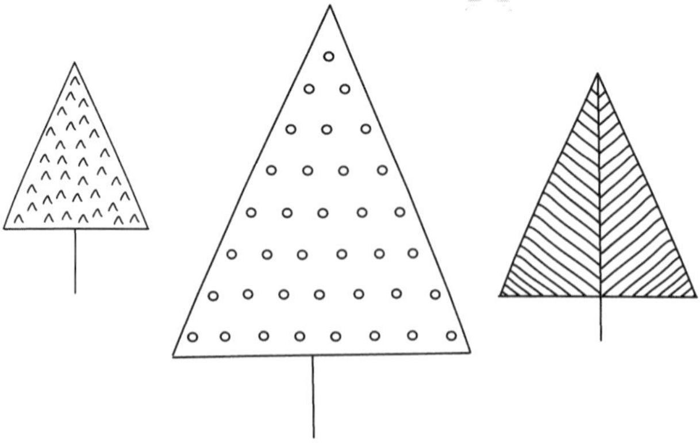

PLATZ FÜR WORTE:

10

Platz für Worte:

INSPIRATION

GESUNDE PAARBEZIEHUNGEN *stärken* das Immunsystem.

Paare, die einander mit Verachtung behandeln, erkranken häufiger an Infektionskrankheiten (Erkältung, Grippe usw.) als andere Menschen.

nach John M. Gottman (Amerikanischer Beziehungsforscher)

Platz für Worte:

AKTION

Schreibt für euren Partner eine Liste mit mindestens zehn Komplimenten. Lest diese einander vor.

PLATZ FÜR WORTE:

FRAGE

Bei welcher Beschäftigung warst du das letzte Mal völlig in deinem Element?

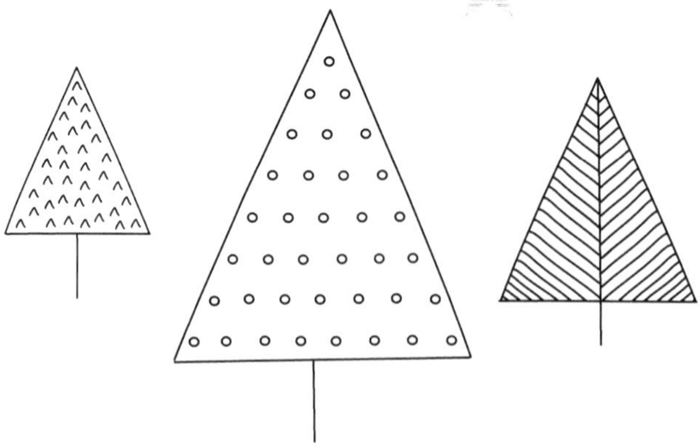

Platz für Worte:

11

Platz für Worte:

INSPIRATION

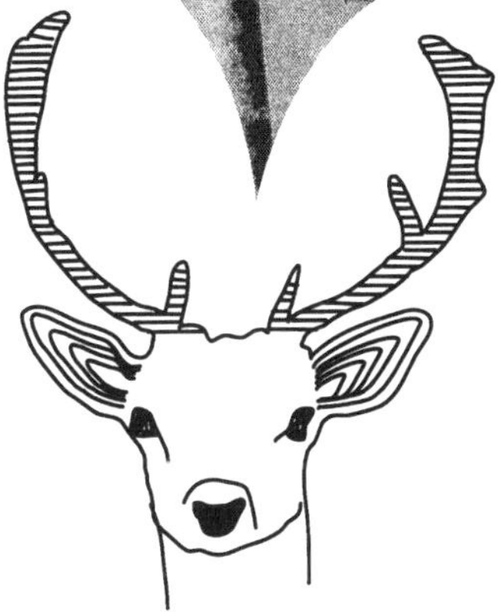

LIEBE IST NICHT,

die eigenen Wünsche erfüllt zu bekommen,

sondern zum Wohlergehen des geliebten Menschen beizutragen.

Walt Whitman
(1819-1892, Amerikanischer Dichter)

Platz für Worte:

AKTION

Weihnachts-Challange:
Überlegt euch eine lustige Weihnachts-Challange; z.B. die kreativsten Plätzchen, die schönste Aufmerksamkeit für die Nachbarschaft, das coolste Weihnachstritual, der beste selbst gemachte Glühwein. Los Geht`s. Dreht davon ein Minivideo und nominiert in diesem zwei Freunde oder Paare, welche das video erhalten und ihrerseits diese Challenge Selber ausführen dürfen.

Platz für Worte:

FRAGE

Kannst du dich erinnern, was du als Kind mal werden wolltest?

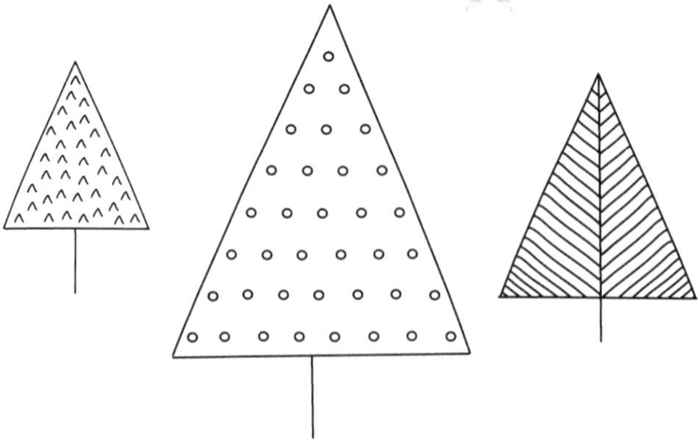

Platz für Worte:

12

Platz für Worte:

INSPIRATION

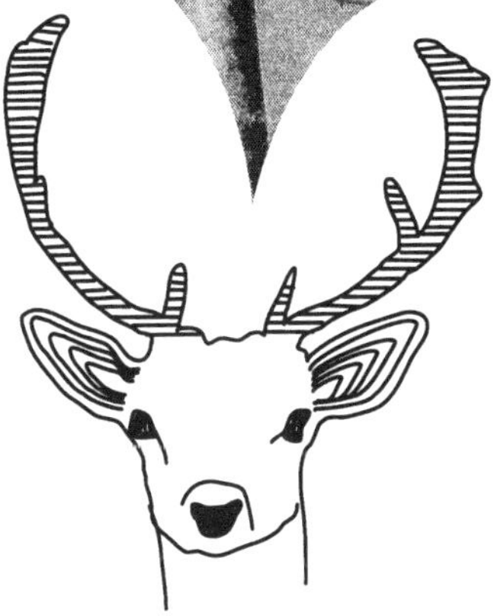

JEDER TAG BRINGT SEINE GESCHENKE MIT.

Man muss sie nur

AUSPACKEN.

Albert Schweitzer
(1875-1965, deutsch-französischer Arzt
und Philosoph)

Platz für Worte:

AKTION

Nehmt beide jeweils zehn Zettel und schreibt darauf kleine Nettigkeiten für den anderen. Versteckt diese an Orten, an denen euer Partner die Zettel über die nächsten Wochen hinweg automatisch findet.

PLATZ FÜR WORTE:

FRAGE

Was kannst du von deinem Partner lernen?

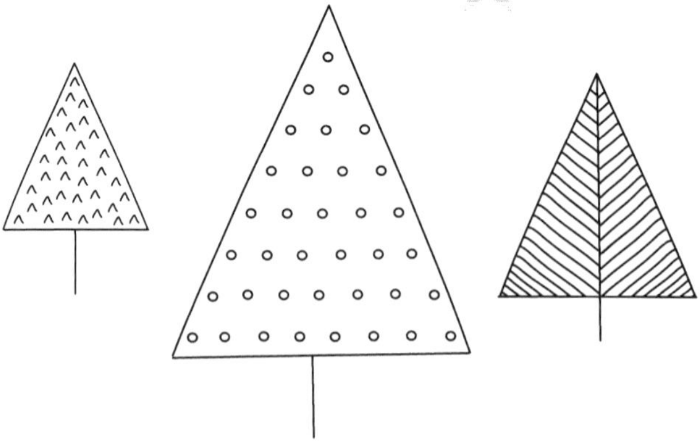

PLATZ FÜR WORTE:

13

Platz für Worte:

INSPIRATION

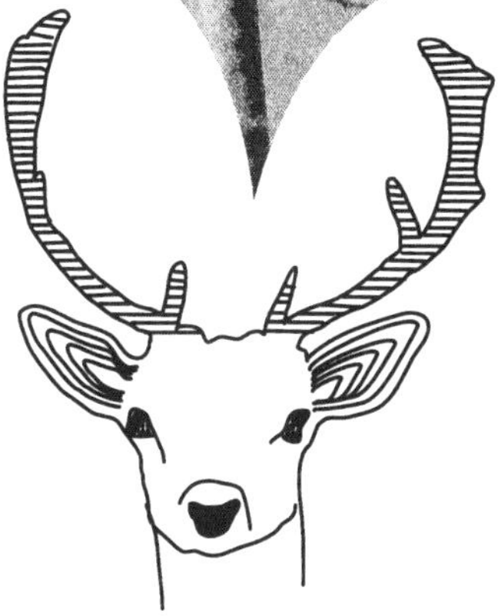

ICH MACHE MIR NIE SORGEN UM DIE ZUKUNFT.

Sie kommt

früh genug.

Albert Einstein
(1879-1955, theoretischer Physiker)

Platz für Worte:

AKTION

Unterstützt den andern
jeweils mit einer
Aufgabe im Haushalt.
Fragt ihn, was ihm
gerade wichtig ist.

Platz für Worte:

FRAGE

Stell dir vor, du darfst deinen Partner ausführen? Wohin würdest du gehen? Was würdest du für ihn bestellen?

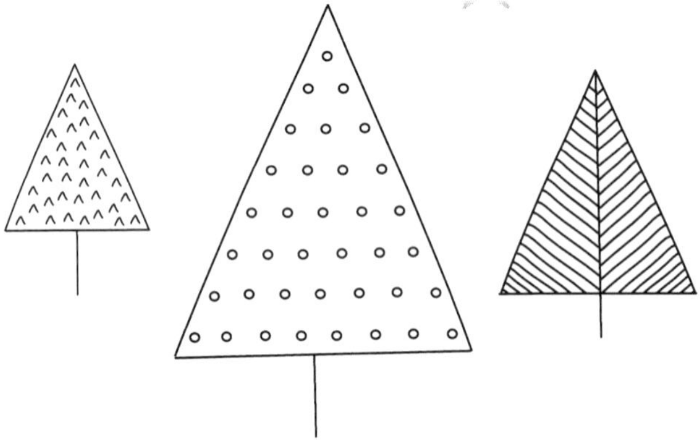

Platz für Worte:

14

Platz für Worte:

INSPIRATION

DER SCHLÜSSEL

zu einem erfüllten
Leben ist

Neugier.

nach Todd Kashdan
(amerikanischer Psychologe)

PLATZ FÜR WORTE:

AKTION

Sucht euch zusammen Fitnessübungen heraus. Schreibt diese auf Papierkarten und geht im sportlichen Outfit spazieren. Dann darf jeder jeweils eine Karte ziehen. So macht ihr euch zusammen einen tollen Fitnessparcours. Wer nicht gern Fitnessübungen im Freien macht, schreibt auf die Karten einfach Lauftempi auf. Eine neue Karte beschreibt dann einfach, wie schnell ihr gehen oder laufen sollt.

Platz für Worte:

FRAGE

Stell dir vor, du triffst dich gerade mit deinem 80-jährigen `Selbst`. Was würde dein älteres `Selbst` über dich und deine Situation jetzt sagen? Glaubst du, dein älteres `Selbst` könnte dir einen guten Ratschlag geben?

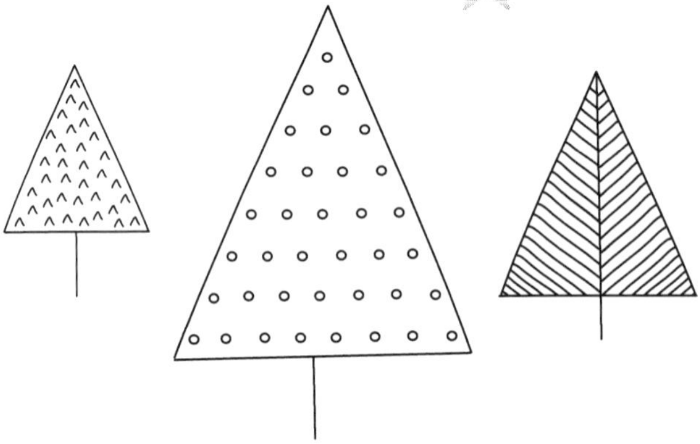

PLATZ FÜR WORTE:

15

PLATZ FÜR WORTE:

INSPIRATION

DIE ZÄRTLICHE LIEBE
muss man mit
sanften
Worten nähren.

Ovid
(43 Jh. v. Chr., römischer Dichter)

Platz für Worte:

AKTION

Schreibt euch einen echten Liebesbrief. Er soll beschreiben, warum ihr euch damals in den anderen verliebt habt. Lasst die ersten Stunden eurer Beziehung aufleben und legt offen, was ihr damals gefühlt und gedacht habt. Wer nicht gern schreibt, darf dies dem Partner direkt sagen. Vielleicht nehmt ihr das für den anderen auf.

Platz für Worte:

FRAGE

Habt ihr ein Paar als Vorbild? Schaut euch mal die Paare in eurem Umfeld an. Was könnt ihr jeweils von ihnen lernen?

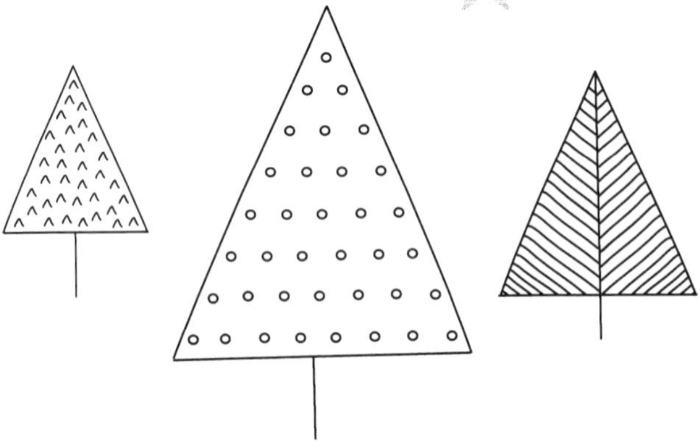

Platz für Worte:

16

Platz für Worte:

INSPIRATION

Die wirkliche Entdeckungsreise
besteht nicht darin, neue
Landschaften zu
erforschen,

sondern darin,

ALTES MIT NEUEN AUGEN ZU SEHEN.

Marcel Proust
(1871-1922, französischer Schriftsteller)

Platz für Worte:

AKTION

Überlegt euch ein Nachbarschaftsprojekt für Weihnachten. Plant eine kleine Aufmerksamkeit für eure Nachbarschaft. Vielleicht freut sich der ältere Mensch von gegenüber über einen Einkauf oder eine Kaffeekränzchen-Einladung.

Platz für Worte:

FRAGE

Wie kann man dich zum Explodieren bringen?

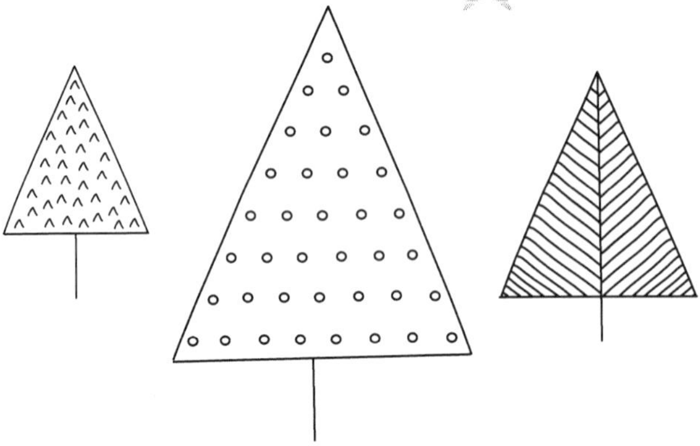

PLATZ FÜR WORTE:

17

PLATZ FÜR WORTE:

WIE WIR DEN TAG VERBRINGEN,
verbringen wir
unser Leben.

Annie Dillard
(Amerikanische Dichterin)

PLATZ FÜR WORTE:

AKTION

Jeder hat drei Alltagswünsche für die kommende Woche frei. Schreibt diese auf einen Zettel und überreicht sie eurem Partner. Er hat nun eine Woche Zeit diese zu erfüllen.

Platz für Worte:

FRAGE

Mit welchen fünf kleinen Dingen kann man dich glücklich machen?

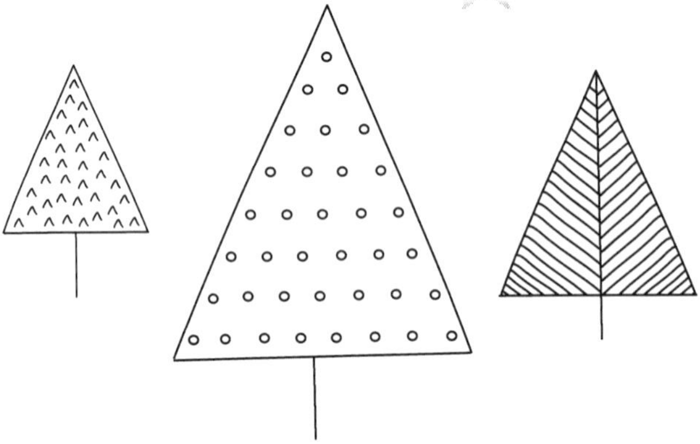

PLATZ FÜR WORTE:

18

Platz für Worte:

INSPIRATION

Achtsam den Augenblick zu genießen

und jede Stunde einmal unsere Umwelt mit offenen Augen zu betrachten,

schenkt neue Klarheit für das, was uns wirklich wichtig ist.

nach Todd Kashdan
(Amerikanischer Psychologe)

Platz für Worte:

AKTION

ÜBERLEGT EUCH EIN GUTES ADVENTSRITUAL UND FANGT AM BESTEN GLEICH HEUTE AN.

IDEEN

- Selbst gemachter Punsch am Adventssonntag
- Die kreativste Bruchschokolade
- Der herzzerreißendste Dankesbrief an einen Freund
- Das tollste Geschenk für einen Menschen in Not

....

Platz für Worte:

FRAGE

Stellt euch vor, ihr feiert das Weihnachtsfest gemeinsam als Paar. Wie würdet ihr diese Zeit gestalten?

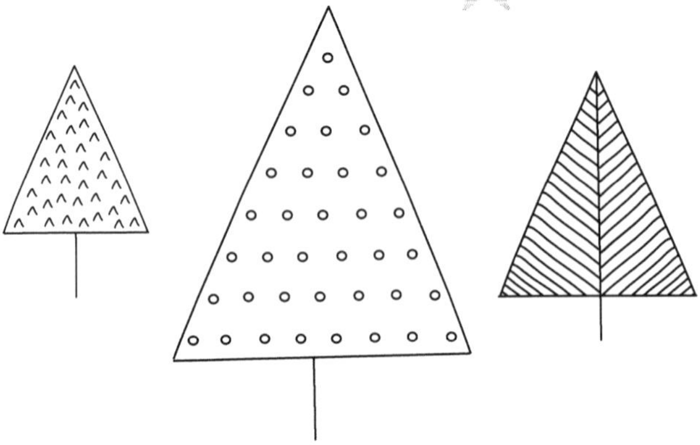

Platz für Worte:

19

Platz für Worte:

INSPIRATION

Wo die Liebe herrscht, da gibt es

KEINEN

Machtwillen.

Carl Gustav Jung
(1875-1961, Schweizer Psychiater)

Platz für Worte:

AKTION

Baut einzeln oder im Team aus den folgenden Materialien innerhalb von 20 Minuten einen möglichst hohen Papierturm. Nach Ende der Zeit gewinnt der höchste Turm.

Material:

Papier, Kleber, Luftballon, jeweils fünf Büroklammern, Klebestreifen

Hinweis: Dieses Spiel ist super als Doppeldate, mit mehreren Freunden oder sogar als Familien geeignet.

Platz für Worte:

FRAGE

Was sollte sich für dich
bis zum Ende des Lebens
auf keinen Fall
ändern?

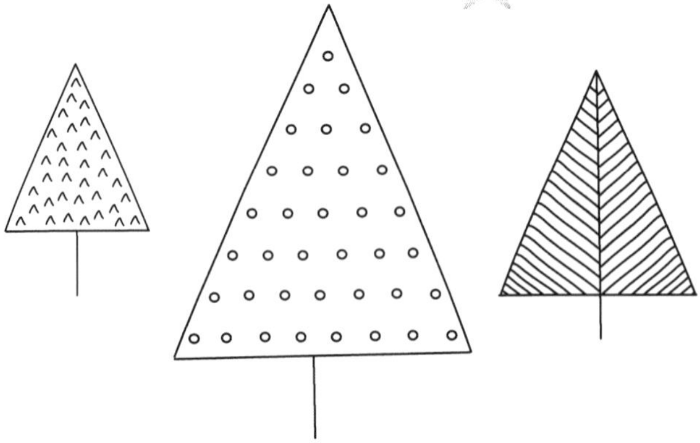

Platz für Worte:

20

PLATZ FÜR WORTE:

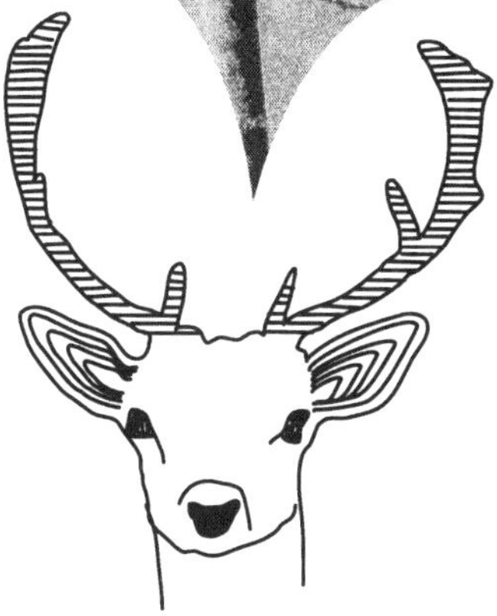

ZUR EXISTENZGRUNDLAGE DES MENSCHEN GEHÖRT

das Verlangen,

JEMANDEM VERTRAUEN ZU KÖNNEN UND GELIEBT ZU WERDEN.

nach Gary Chapman
(Amerikanischer Schriftsteller)

Platz für Worte:

AKTION

Plant zusammen das nächste Wochenende und beschert dem anderen eine Miniüberraschung.

Platz für Worte:

FRAGE

Nenne zwei Dinge, die dich stolz auf deinen Partner machen?

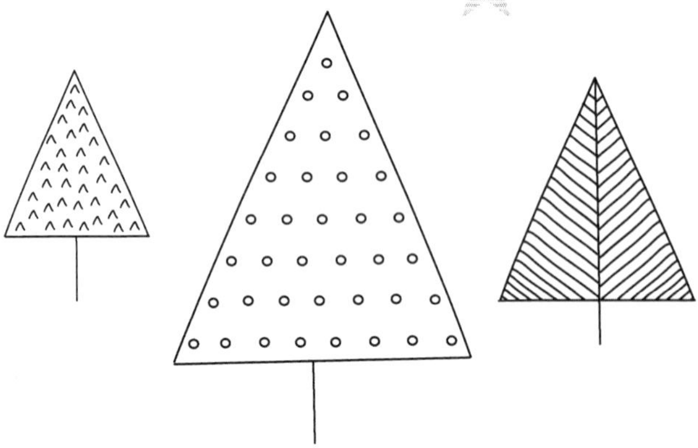

Platz für Worte:

21

Platz für Worte:

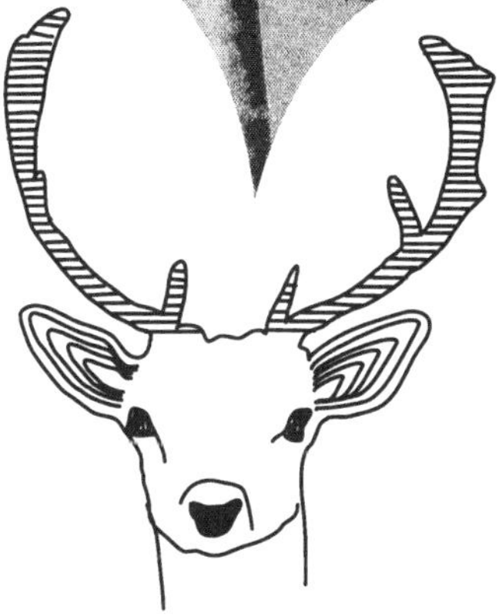

VERDIRB DIR NICHT DIE FREUDE AN DEM, WAS DU HAST,
INDEM DU DIR WÜNSCHST, WAS DU NICHT HAST:

DENK DARAN,

dass das,
was du heute hast, einst zu den
Dingen gehörte, von denen du nur
träumtest.

Epiker
(341-270 v. Chr., griechischer Philosoph)

PLATZ FÜR WORTE:

AKTION

Nehmt zusammen ein lustiges Video auf und schickt es am Ende einem Freund oder Verwandten.

PLATZ FÜR WORTE:

FRAGE

Was sind Dinge, die dir in der Weihnachtszeit wichtig sind?

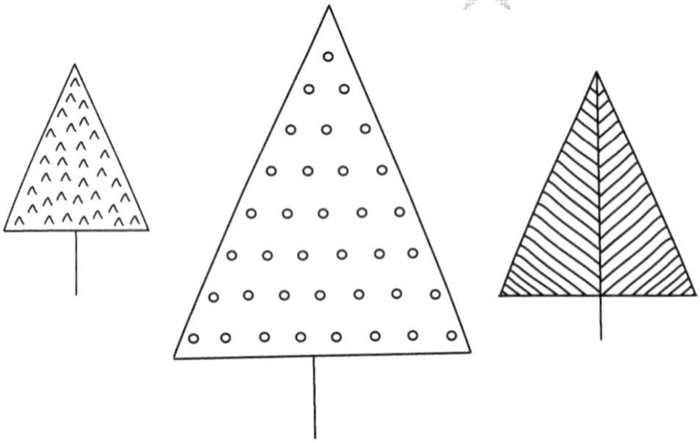

Platz für Worte:

22

Platz für Worte:

INSPIRATION

FINDE JEDEN TAG EINEN WEG,

deinem Partner gegenüber

pure, ehrliche Anerkennung
und Bewunderung
auszudrücken.

nach John M. Gottman
(Amerikanischer Beziehungsforscher)

Platz für Worte:

AKTION

BEREITET ZUSAMMEN VOGELFUTTER-KUGELN VOR. MACHT ZUSAMMEN EINEN SPAZIERGANG UND PLATZIERT DAS VOGELFUTTER AN STRÄUCHERN UND ÄSTEN.

SO GEHT'S:

250 g Kokosfett

100 g Haferflocken

120 g Sonnenblumenkerne

100 g gehackte Nüsse

Erwärmt zunächst Kokosfett in einem Topf. Mischt anschließend die Zutaten unter. Lasst die Masse etwas abkühlen und formt sie dann zu handgroßen Kugeln. Verpackt die Kugeln in Netzen, z.B. von Kartoffeln oder Zwiebeln. Hängt sie an jeweils einem Faden auf. Fertig.

Platz für Worte:

FRAGE

Was tust du, wenn du sehr gestresst bist? Wie baust du deine Spannung ab?

PLATZ FÜR WORTE:

23

Platz für Worte:

INSPIRATION

Küsst, haltet, umarmt und berührt einander

in der Zeit,

in der ihr zusammen seid.

nach John M. Gottman
(Amerikanischer Beziehungsforscher)

PLATZ FÜR WORTE:

AKTION

Die Vorsatz-Silvestervorbereitung:
Überlegt euch ein Ziel, welches ihr erreichen wollt. Entscheidet, was ihr an jedem Tag der kommenden Woche anders machen wollt, um zu diesem Ziel zu kommen?

Platz für Worte:

FRAGE

Welchen Vorteil hast du aufgrund deines Partners?

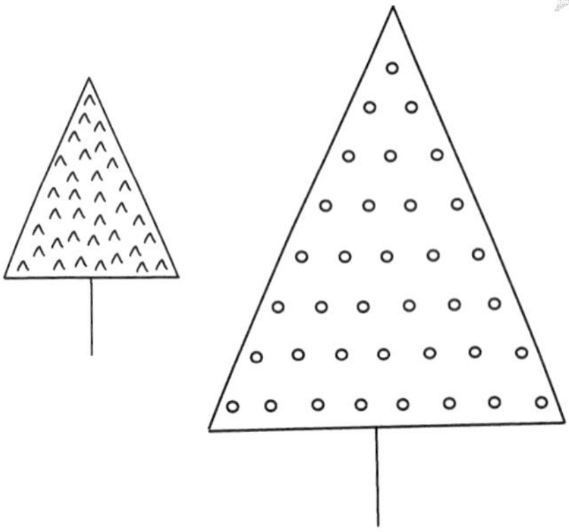

PLATZ FÜR WORTE:

24

Platz für Worte:

INSPIRATION

SPASS ZU HABEN,

ist einer der wichtigsten Faktoren für das Glück.

Die empfohlene Dosis: zweimal pro Tag.

nach Todd Kashdan
(Amerikanischer Psychologe)

PLATZ FÜR WORTE:

AKTION

Ohh, du besinnliche und Achtsame Weihnachtszeit! Probiert mal zusammen eine Entspannungsübung oder Meditation aus. Es gibt im Internet sogar spezielle Weihnachtsentspannungsübungen.

Platz für Worte:

FRAGE

Bist du glücklich? – Kannst du diese Frage mit einem beherzten „Ja" beantworten? Wenn nicht: Was müsste sich für dich ändern, um diese Frage so zu beantworten?

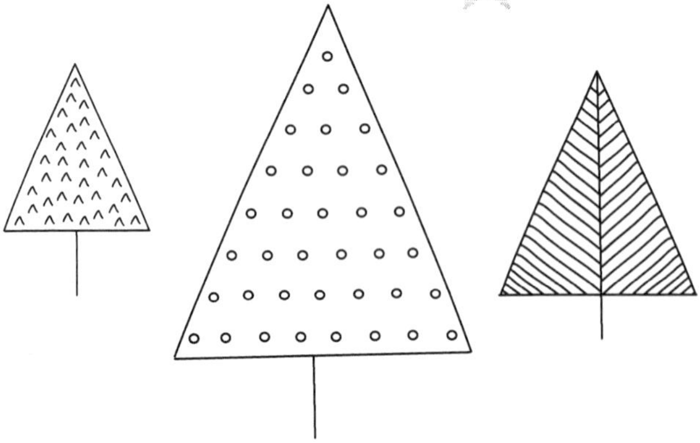

PLATZ FÜR WORTE:

Was mich antreibt

Sprüche: Das Leben ist zu kurz für schlechte Beziehungen.
Es könnte auch nach vorn losgehen.

Gute Beziehungen sind inspirierend, energetisierend, befreiend.....
Sie stoßen Entwicklungen an und tragen durch. Sie sind nicht immer einfach. Sie lassen über Schlechtes hinwegsehen. Gute Beziehungen halten gesund und Produktiv.
Wie schön wäre es sie zu erhalten, wachsen zu lassen, ihnen Raum und Priorität zu geben.
Wie schön wäre es, wenn es mehr gute und kreative Produkte für Paare gäbe, die Beziehung stark machen. Und das mit wenig Kitsch und viel Spaß. Ganz einfach und unkonventionell.
Seit Jahren und gerade als Eltern von kleinen Kindern, die oftmals nur Augen für Fläschchen, Windeln und vor allem Zeit zum Schlafen haben, versuchen wir unseren Alltag so witzig, spannend und auch außergewöhnlich wie möglich zu halten - nicht im Großen, sondern im Kleinen; mit Aufmerksamkeiten und Überraschungen hier und dort.
Auch Die Weihnachtszeit nutzten wir immer bewusst und Besonders. Über die Zeit entstanden unterschiedliche selbst entworfene Adventskalender.
Wir haben gelacht, geweint, waren manchmal überfordert oder enttäuscht, aber all die Inspirationen, Fragen und gemeinsame Aktionen haben uns zusammengeschweißt und uns als Paar schöne Stunden beschert.
Die Best of Liste habe ich in diesem Adventskalenderbuch mit Hilfe von Freunden und Bekannten zusammengestellt.
Jeden Tag habt ihr die Wahl, wie ihr ihn zusammen nutzen wollt; Mal eine Inspiration zum nachsinnieren, eine außergewöhnliche Frage bei einem netten Getränk oder vielleicht auch ein ausgiebigere gemeinsame Aktion.
Genießt euch!

Margaret Kleske ist Ehefrau, Mama von zwei süßen Mädels, Dipl.Ergotherapeutin und Wirtschaftspsychologin. Sie lebt in München.

Impressum

Text: Margaret Kleske
Hilfe bei den Texten: Sonja Maurer
Bilder: Unsplash

Ideen und Aktionen in diesem Buch entspringen dem Alltag. Die Autorin versucht sorgfältig an alle Hinweise zu denken, dennoch kann keine Garantie übernommen werden. Eine Haftung der Autorin für Personen-, Sach- und Vermögensschäden ist ausgeschlossen.
Kontakt: Niederalmstrasse 4, 81735 München

Printed in Poland
by Amazon Fulfillment
Poland Sp. z o.o., Wrocław

64693110R00114